BIOGRAFÍAS de pioneros STEM

INGENIERA AEROESPACIAL APRILLE ERICSSON

LAURA HAMILTON WAXMAN

ediciones Lerner ◆ Mineápolis

El editor desea agradecer a Aprille Ericsson por proporcionar algunas de las fotos que aparecen en este libro.

ediciones Lerner
Una división de Lerner Publishing Group, Inc.
241 First Avenue North
Mineápolis, MN 55401, EE. UU.

Si desea averiguar acerca de niveles de lectura y para obtener más información, favor consultar este título en www.lernerbooks.com.

Fuente del texto del cuerpo principal: Adrianna Regular.
Fuente proporcionada por Chank.

Las imágenes de este libro cuentan con el permiso de: © Carlos Davila/Photographer's Choice/Getty Images, p. 4; Courtesy of Aprille Ericsson, pp. 5, 8, 13, 20, 24; NASA/JSC PAO Web Team, p. 7; © iStockphoto.com/DenisTangneyJr, p. 9; © OSHIKAZU TSUNO/AFP/Getty Images, p. 10; © iStockphoto.com/rabbit75_ist, p. 11; © Bettmann/CORBIS, p. 15; NASA/JSC PAO Web Team, p. 16; © Angus Osborn/Dorling Kindersley/Getty Images, p. 17; NASA/Goddard Space Flight Center, p. 18; NASA/Goddard/MIT/Brown, p. 21; NASA/Dana Berry/Skyworks Digital, p. 22; NASA, p. 25; © Elena Olivo, p. 26. Portada: Courtesy of Aprille Ericsson.

Library of Congress Cataloging-in-Publication Data

The Cataloging-in-Publication Data for *Ingeniera aeroespacial Aprille Ericsson* is on file at the Library of Congress.
ISBN 978-1-7284-7442-7 (lib. bdg.)
ISBN 978-1-7284-7514-1 (pbk.)
ISBN 978-1-7284-7515-8 (eb pdf)

Fabricado en los Estados Unidos de América
1-52038-50551-12/2/2021

CONTENIDO

CAPÍTULO 1
Soñar a lo grande 4

CAPÍTULO 2
Trabajar mucho 10

CAPÍTULO 3
Perseguir el sueño 16

CAPÍTULO 4
Trabajar en la NASA 20

CAPÍTULO 5
Compartir el sueño 26

Línea de tiempo 29
Notas sobre las fuentes 30
Glosario 30
Más información 31
Índice 32

CAPÍTULO 1

Aterrizar en la luna era un sueño lejano a principios de la década de 1960.

SOÑAR A LO GRANDE

En 1961, el Presidente John F. Kennedy hizo una promesa audaz. Dijo que Estados Unidos enviaría a un estadounidense a la luna en la próxima década. Para algunas personas, el presidente Kennedy parecía un soñador. Dudaban que un objetivo tan ambicioso pudiera estar realmente a su alcance.

Otra soñadora nació dos años más tarde, el 1 de abril de 1963. Su nombre era Aprille Joy Ericsson. Aprille creció en un vecindario pobre de Brooklyn, Nueva York. Vivía con su madre y dos hermanas menores en viviendas públicas. El gobierno les daba esta vivienda a un precio bajo.

Tal vez la familia de Aprille no tenía mucho dinero, pero tenía mucho amor. Aprille tenía grandes sueños para su vida, y su familia la apoyaba en todo lo que hacía.

Aprille juega en la playa en 1967.

Uno de los sueños de Aprille era ser astronauta. En primer grado, vio algo asombroso en la televisión. Los astronautas estadounidenses Neil Armstrong, Buzz Aldrin y Michael Collins viajaron a la luna en el *Apollo 11*. Ver el sueño de Kennedy hecho realidad inspiró a Aprille. Se preguntó si tal vez podría ayudar en futuras misiones espaciales. ¡Pero Aprille también tenía otros sueños, como ser artista, abogada o tal vez incluso corredora estrella!

CARRERA ESPACIAL

Durante la infancia de Aprille, Estados Unidos participó en una competencia no oficial conocida como la "carrera espacial". Comenzó en 1957 cuando la Unión Soviética (quince repúblicas que incluían a Rusia) lanzó la primera nave espacial. Los estadounidenses consideraban a los soviéticos como sus mayores competidores. En 1958, Estados Unidos creó la NASA, la Administración Nacional de Aeronáutica y del Espacio. El objetivo de la NASA era no solo alcanzar a los soviéticos, sino también superarlos.

Buzz Aldrin posa junto a la bandera estadounidense en la superficie de la luna el 20 de julio de 1969.

ELEGIR LAS MATEMÁTICAS Y LA CIENCIA

En la escuela secundaria, Aprille se enamoró de las matemáticas y las ciencias. Este interés incipiente la hizo sentir diferente a sus compañeros. No muchas otras niñas o afroamericanos en su escuela tenían pasión por esos temas. Pero eso no detuvo a Aprille. Se convirtió en la única afroamericana en ser asignada a clases avanzadas en el programa de Progreso Especial de su escuela. También obtuvo el segundo lugar en la feria de ciencias de la escuela.

Aprille trabajó duro en la escuela, pero no solo era una buena estudiante. También tenía intereses fuera del aula. Jugaba al baloncesto, hacía gimnasia y le encantaba tocar con la banda de su escuela.

Aprille disfruta del sóftbol en su tiempo libre. Aquí ella espera un lanzamiento durante un juego en 1996.

Aprille se mudó a Cambridge, Massachusetts, para asistir a la escuela secundaria.

Después de la secundaria, Aprille tuvo que tomar una gran decisión. Había sido aceptada en algunas de las mejores escuelas secundarias públicas de la ciudad. También obtuvo una beca para asistir a una escuela privada en Cambridge, Massachusetts, donde vivían sus abuelos. A los quince años decidió vivir con sus abuelos para poder asistir a la escuela privada. No iba a ser fácil, pero sabía que podía hacerlo.

CAPÍTULO 2

Los simuladores ayudan a los pilotos y astronautas a prepararse para los vuelos. Estas máquinas también se utilizan para probar los diseños de nuevos aviones.

TRABAJAR MUCHO

Aprille estudió mucho en su nueva escuela. Se convirtió en una de las mejores estudiantes y continuó participando en actividades extracurriculares. Pero todavía no estaba segura de lo que quería hacer con su vida.

Esto comenzó a cambiar el verano después del undécimo grado. Aprille participó en un programa especial dirigido por el Massachusetts Institute of Technology (MIT). El programa estaba destinado a estudiantes talentosos de minorías interesados en la **ingeniería**. Aprille visitó una base de la fuerza aérea, donde usó un **simulador de vuelo** y observó los aviones desde el interior de una torre de control. Esa experiencia renovó su pasión por una carrera en el sector **aeroespacial**.

El Massachusetts Institute of Technology (MIT) es una de las mejores universidades de ciencias e ingeniería.

CONVERSACIÓN TÉCNICA

"Ingresar en campos de alta tecnología como la ciencia, la ingeniería y la tecnología es difícil bajo cualquier estandar . . . Pero es especialmente difícil para las mujeres . . . A menudo tienen muy pocos modelos a seguir en estas carreras, y no se les recomienda que ingresen en estos campos cuando son niñas".

—Aprille Ericsson

ESTUDIAR INGENIERÍA AEROESPACIAL

Ericsson se graduó en la escuela secundaria con los máximos honores. Se matriculó en la universidad del MIT para estudiar ingeniería para viajes aéreos y espaciales. Eso significó aprender a construir y operar herramientas y máquinas para el espacio. En el MIT, Ericsson trabajó en proyectos para vuelos espaciales tripulados. Ayudó a inventar instrumentos para usar en el espacio. Incluso estudió y diseñó un plan sobre cómo un vehículo podría explorar Marte. Estos proyectos solo fortalecieron su deseo de convertirse en ingeniera aeroespacial.

En ese momento, muy pocas mujeres o afroamericanos eran ingenieros aeroespaciales. Ericsson tendría que trabajar mucho para hacer realidad su sueño. Pero el trabajo duro nunca la detuvo. Pasó muchas noches estudiando. A veces, era difícil mantener los ojos abiertos. Para inspirarse, miraba un afiche en su pared que le regalaron su mamá y una de sus hermanas. Mostraba a grandes mujeres afroamericanas del pasado, como Sojourner Truth y Harriet Tubman. Estas mujeres habían marcado la diferencia al ser valientes y trabajar duro. Pensar en ellas mantuvo a Ericsson en camino.

Ericsson recibe su diploma del MIT en 1986.

UN NUEVO DESAFÍO

Ericsson se graduó del MIT en 1986. Quería trabajar en la NASA, pero ocurrió un desastre cuatro meses antes. Una nave espacial de la NASA llamada *Challenger* había explotado justo después del despegue, y los siete astronautas en su interior habían muerto. De repente, los estadounidenses se sintieron un poco indecisos sobre el programa espacial. El gobierno de EE. UU. comenzó a invertir más recursos en un proyecto diferente, no relacionado con el espacio: fabricar misiles. Ese trabajo requeriría ingenieros como Ericsson, pero Ericsson no estaba interesada en crear armas. Quería ayudar a los seres humanos a explorar el espacio exterior. De alguna manera, sabía que encontraría la manera de hacer realidad sus sueños.

CONVERSACIÓN TÉCNICA

"Si soy una 'gigante de la ciencia', es solo porque me apoyo sobre los hombros de mis antepasados. Debemos regresar y recuperar nuestro pasado para poder seguir adelante".

—Aprille Ericsson

La nave espacial *Challenger* explotó poco después de despegar el 28 de enero de 1986.

La Estación Espacial Internacional depende de ingenieros como Ericsson para investigar y desarrollar mejoras en su diseño.

PERSEGUIR EL SUEÑO

Ericsson había enfrentado muchos desafíos en su vida. No se había rendido en el pasado y no estaba dispuesta a rendirse esta vez. Por el contrario, tenía un nuevo plan. Decidió volver a la escuela para estudiar en el Large Space Structures

Institute en la Universidad de Howard. Allí aprendió a resolver problemas para grandes estructuras espaciales, como la Estación Espacial Internacional.

HACERLO REALIDAD

El trabajo de Ericsson en la Universidad de Howard la llevó por todo el mundo. Compartió sus ideas en países como Alemania, Canadá e Inglaterra. Mientras estaba en Howard, ocurrió otro hecho importante. En 1992, obtuvo un empleo en la NASA,

Un amigo animó a Ericsson a inscribirse en la Universidad de Howard para realizar estudios de posgrado.

en el Goddard Space Flight Center (GSFC, por sus siglas en inglés) en Maryland. Comenzó a trabajar allí como ingeniera aeroespacial mientras aún asistía a clases.

Tres años más tarde, Ericsson obtuvo un doctorado en ingeniería mecánica, especializado en lo aeroespacial. Se convirtió en la primera mujer afroamericana en lograr ese objetivo en la Universidad de Howard. También se convirtió en la primera mujer afroamericana en GSFC en obtener un doctorado en ingeniería.

Goddard Space Flight Center desarrolla y supervisa naves espaciales, como el telescopio espacial Hubble.

CONVERSACIÓN TÉCNICA

"No me propuse ser la primera mujer afroamericana en recibir un doctorado en ingeniería mecánica, en la Opción Aeroespacial, de la Universidad de Howard . . . Pero me enorgullece serlo, y trato de representar bien a todas las que vienen detrás de mí".

—Aprille Ericsson

Ericsson trabajó mucho, y no se rindió. Finalmente obtuvo un empleo como ingeniera en la NASA. Pero tenía más sueños que perseguir. Esperaba trabajar en muchas misiones emocionantes de la NASA en el futuro.

CAPÍTULO 4

Ericsson trabaja en la sonda de anisotropía de microondas Wilkinson en el Goddard Space Flight Center.

TRABAJAR EN LA NASA

Ericsson pasó la mayor parte de su carrera en la NASA, y allí es donde todavía trabaja. A lo largo de los años, ha trabajado en muchas misiones diferentes y ha dirigido muchos equipos de ingenieros de la NASA y otros trabajadores. Va donde la necesitan más. Una de sus principales responsabilidades como ingeniera aeroespacial ha sido asegurarse de que los instrumentos de la nave espacial de la NASA funcionen correctamente. Muchas de estas naves espaciales son diferentes tipos de **satélites**.

TRABAJO EN MISIONES ESPACIALES

El trabajo de Ericsson ha ayudado a los científicos a aprender más sobre la luna y el espacio exterior. Por ejemplo, trabajó en la misión del altímetro láser de la órbita lunar (LOLA, por sus siglas en inglés). Para el LOLA, diseñó y probó instrumentos para ayudar a hacer un nuevo mapa de la luna para futuros astronautas. Para otro proyecto, diseñó y desarrolló misiones para traer tierra y rocas de Marte de regreso a la Tierra para su posterior estudio.

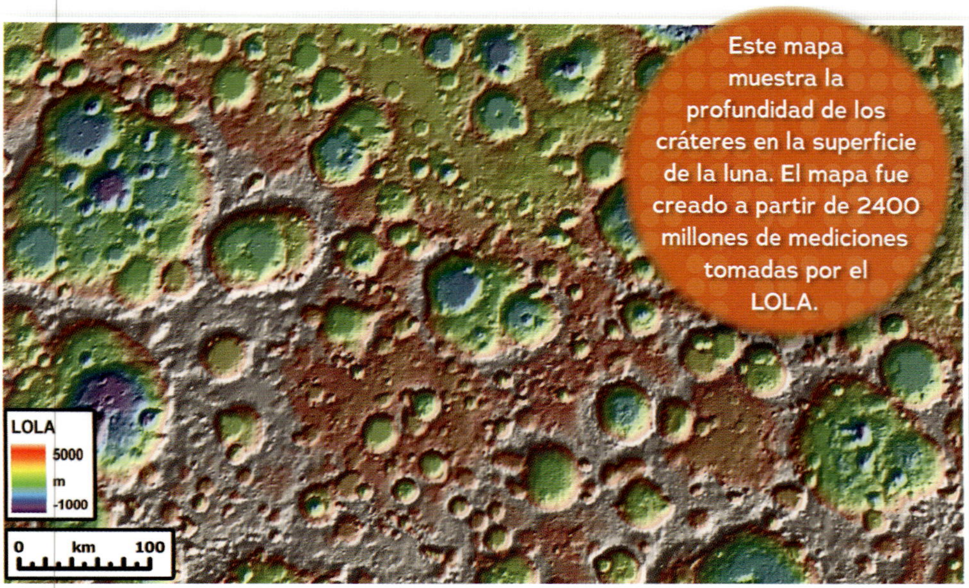

Este mapa muestra la profundidad de los cráteres en la superficie de la luna. El mapa fue creado a partir de 2400 millones de mediciones tomadas por el LOLA.

Ericsson también trabajó en muchos satélites que exploraron el espacio profundo. Uno de esos satélites se denominó Rossi X-ray Timing Explorer (RXTE, por sus siglas en inglés). El RXTE medía los rayos X provenientes de objetos del espacio profundo, como estrellas fugaces y **agujeros negros**. Esta información ha ayudado a mejorar la comprensión de los científicos sobre los objetos distantes en el espacio. Otro satélite en el que trabajó Ericsson fue el Wilkinson Microwave Anisotropy Probe (WMAP). El WMAP recopiló datos de temperatura que ayudaron a los científicos a intentar determinar la edad del universo. Los científicos también esperan saber cómo ha cambiado el universo con el tiempo. El trabajo de Ericsson los ayuda a encontrar respuestas a estas preguntas complicadas.

El Rossi X-ray Timing Explorer se utiliza para estudiar los rayos X que emiten los agujeros negros.

CONVERSACIÓN TÉCNICA

"En la NASA estamos haciendo una investigación científica increíble y estamos haciendo una inversión en nuestro futuro . . . Me hace sentir bien saber que mi trabajo tiene implicaciones en la vida real".

—Aprille Ericsson

AYUDAR A NUESTRO PLANETA

Ericsson también ha ayudado a los científicos a aprender sobre nuestro planeta cambiante. Ciertos gases en la atmósfera de la Tierra, conocidos como gases de efecto invernadero, afectan el clima de nuestro planeta. Ericsson trabajó en proyectos para medir cómo los gases de efecto invernadero cambian nuestro clima.

Un proyecto, denominado Tropical Rainfall Measuring Mission, utilizó un satélite para medir cuánta lluvia cae en las partes tropicales del mundo. Este satélite ha ayudado a los científicos a predecir cómo podría cambiar el clima de la Tierra en el futuro. También les ayuda a comprender cuán grande puede ser el problema de los gases de efecto invernadero para nuestro planeta.

Ericsson trabaja con satélites sensibles que necesitan protección contra el polvo y la suciedad. Usa un laboratorio especial llamado High Bay Clean Room para proteger estas máquinas.

Uno de los proyectos más recientes de Ericsson ayudará a los científicos a estudiar los **casquetes polares** de la Tierra. Los gases de efecto invernadero están calentando los polos norte y sur. Las temperaturas más cálidas hacen que los casquetes polares se derritan lentamente. Los científicos pronto podrán descubrir más con el nuevo satélite , Cloud, and Land Elevation (ICESat-2). Ericsson fue una de los administradores a cargo de crear un gran instrumento para ICESat-2 llamado ATLAS (Sistema de altímetro láser topográfico avanzado). El dispositivo se conectará a ICESat-2 y utilizará láseres para medir el tamaño de los casquetes polares. El lanzamiento del ICESat-2 está programado para 2016.

La nave espacial ICESat-2 medirá los casquetes polares para estudiar los cambios en el medioambiente de la Tierra.

CAPÍTULO 5

Ericsson habla con estudiantes en la Cumbre de Mujeres del Instituto Politécnico de la Universidad de Nueva York en marzo de 2013.

COMPARTIR EL SUEÑO

Ericsson ganó decenas de premios y honores por su trabajo en la NASA. Uno de sus mayores honores fue ganar el Premio Mujeres en Ciencias e Ingeniería. Recibió este premio por ser la mejor ingeniera en el gobierno federal.

También ha sido nombrada Gigante de la ciencia y Pionera de la ciencia, y figura entre las 50 principales mujeres de minorías en ciencia e ingeniería.

INSPIRAR A LOS DEMÁS

Ericsson está usando su fama como científica para ayudar a los demás. Ella cree que más niñas y personas de color deberían ser científicos. Trabaja con estudiantes de todas las edades para mostrarles la emoción de trabajar en las matemáticas y las ciencias.

Ericsson (*izquierda*) da consejos sobre cómo los estudiantes pueden prepararse para carreras en STEM (ciencia, tecnología, ingeniería y matemáticas) durante un webcast de la NASA con los estudiantes y profesores en febrero de 2012.

Ericsson también da muchos discursos alentadores a los estudiantes. Incluso fue invitada para hablar con los estudiantes en la Casa Blanca. Les dice a los jóvenes que "lean, lean, lean y aprendan, aprendan, aprendan", y que trabajen duro, apunten a la luna y sigan sus sueños.

Ericsson continúa inspirando a los demás con su trabajo todos los días. Sin importar en qué nuevo proyecto está trabajando, siempre trabaja duro y da lo mejor de sí.

CONVERSACIÓN TÉCNICA

"Ser inteligente y estar comprometida con el aprendizaje de cosas nuevas ha tenido sus recompensas. He estado en la Casa Blanca varias veces. He podido presentar mi investigación y hablar en los Estados Unidos, Canadá, Alemania e Inglaterra . . . Incluso asistí al lanzamiento de una nave espacial. Recuerda que está bien ser una mujer inteligente".

—Aprille Ericsson

LÍNEA DE TIEMPO

1963

Aprille Joy Ericsson nace en Brooklyn, Nueva York, el 1 de abril.

1986

Ericsson se gradúa en el MIT con una licenciatura en ingeniería aeronáutica/astronáutica, cuatro meses después del desastre del *Challenger*.

1992

Ericsson obtiene un empleo en el Goddard Space Flight Center de la NASA en Maryland.

1995

Ericsson se convierte en la primera mujer en obtener un doctorado en ingeniería mecánica de la Universidad de Howard.

1997

Ericsson recibe el premio Mujeres en Ciencias e Ingeniería, uno de los muchos premios que obtuvo.

2009

Se lanza el Altímetro láser orbital lunar (LOLA), en el que trabajó Ericsson.

2010

Ericsson habla en la Casa Blanca como parte del programa de mentores de la Primera Dama Michelle Obama para niñas de secundaria.

2013

Ericsson se desempeña como oradora internacional para la Conferencia de Mujeres en Ingeniería en Sudáfrica por tercer año consecutivo.

NOTAS SOBRE LAS FUENTES

12 "Female Aerospace Engineer from NASA Addresses GEM-SET Event at UCSD to Encourage More Girls in Science," *La Prensa San Diego Bilingual Newspaper*, 2003, visitado el 11 de abril de 2014, http://www.laprensa-sandiego.org/archieve/april04-03/gemset.htm.

14 Audrey Fischer, "'Read, Read, Read—Learn, Learn, Learn': Aprille Ericsson-Jackson Opens Women's History Month," *Library of Congress Information Bulletin*, 2001, visitado el 11 de abril de 2014, http://www.loc.gov/loc/lcib/0104/rocketeer.html

19 Karen Asher, "Aprille Ericsson-Jackson, Ph.D.," *UVA NewsMakers*, 2003, visitado el 11 de abril de 2014, http://www.virginia.edu/uvanewsmakers/newsmakers/ericsson-jackson.html

23 Ibid.

28 Fischer, "'Read, Read, Read—Learn, Learn, Learn.'"

28 Asher, "Aprille Ericsson-Jackson, Ph.D."

GLOSARIO

aeroespacial
el diseño o la operación de naves espaciales

agujeros negros
objetos invisibles en el espacio que atraen todo hacia ellos, incluida la luz

casquetes polares
grandes y gruesas capas de hielo en los polos norte y sur

ingeniería
la ciencia de diseñar y construir

satélites
objetos que rodean planetas, lunas o estrellas en el espacio

simulador de vuelo
una máquina que imita los controles de un avión o una nave espacial

MÁS INFORMACIÓN

LIBROS

Doeden, Matt. *SpaceX and Tesla Motors Engineer Elon Musk.* Mineápolis: Lerner Publications, 2015. ¿Vivirán los seres humanos alguna vez en otro planeta? Obtén más información sobre el ingeniero que está tratando de lograrlo.

Ventura, Marne. *Astrophysicist and Space Advocate Neil deGrasse Tyson.* Mineápolis: Lerner Publications, 2014. ¿Te encanta el espacio exterior? Descubre cómo Neil deGrasse Tyson pasó de ser un niño deslumbrado a un popular experto espacial.

Waxman, Laura Hamilton. *Exploring Space Travel.* Mineápolis: Lerner Publications, 2012. Descubre lo que se necesita para llegar al espacio exterior y cómo es para los astronautas estar en el espacio.

SITIOS WEB

Goddard Space Flight Center

http://www.nasa.gov/centers/goddard/home/index.html
Obtén más información sobre el lugar donde Ericsson ha desarrollado su carrera.

Mujeres de STEM de la NASA

http://www.nasa.gov/education/womenstem/#.Uyc7H4X6-FU
Descubre cómo mujeres como Ericsson utilizan las matemáticas y las ciencias en sus trabajos en la NASA.

ÍNDICE

agujeros negros, 22

Altímetro láser de la órbita lunar (LOLA), 21

Apollo 11, 6

Brooklyn, Nueva York, 5

cambio climático, 23

Cambridge, Massachusetts, 9

Carrera espacial, 6

casquetes polares, 25

desastre del *Challenger*, 14–15

Estación espacial internacional, 16–17

Goddard Space Flight Center (GSFC), 18

Kennedy, John F., 4, 6

Large Space Structures Institute, 16–17

láseres, 25

Marte, 12, 21

Massachusetts Institute of Technology (MIT), 11–14

misiles, 14

NASA, 6, 14, 17, 19–21, 23, 26–27

Premio Mujeres en Ciencias e Ingeniería, 26

premios, 26–27

presentaciones públicas, 28

Rossi X-ray Timing Explorer (RXTE), 22

Satélite Cloud, and Land Elevation (ICESat-2), 25

satélites, 21–24

Sistema de altímetro láser topográfico avanzado (ATLAS), 25

Tropical Rainfall Measuring Mission, 23

Universidad de Howard, 17–19

Wilkinson Microwave Anisotropy Probe (WMAP), 22

ACERCA DE LA AUTORA

Laura Hamilton Waxman ha escrito muchos libros de no ficción para lectores jóvenes. En particular, le agrada escribir sobre personas como Aprille Ericsson que han dado forma a nuestro mundo.